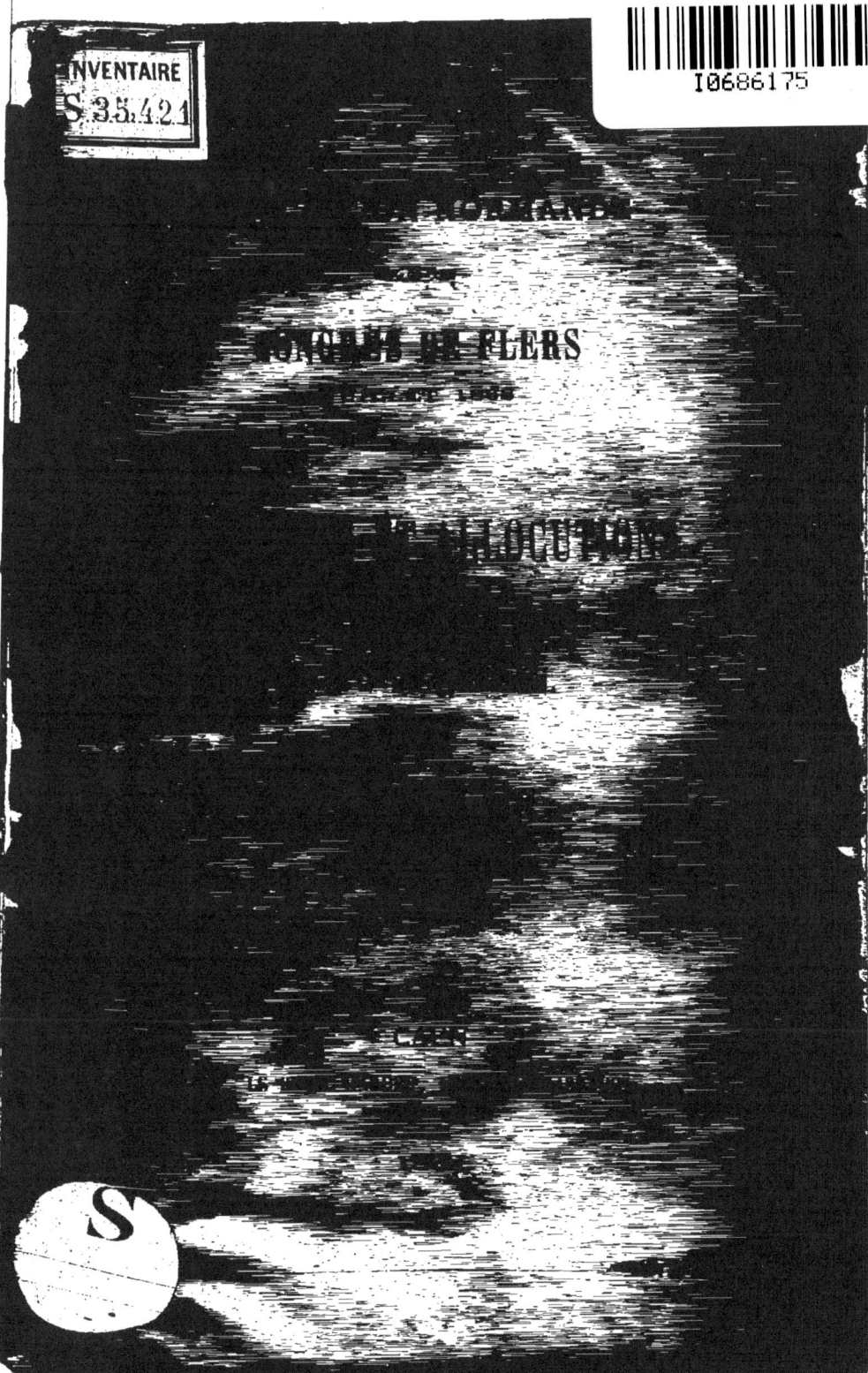

ASSOCIATION NORMANDE

CONGRÈS DE FLERS

JUILLET 1868

RAPPORTS ET ALLOCUTIONS

PAR

M. LE Cᵗᵉ DE VIGNERAL

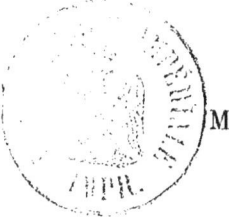

CAEN

F. LE BLANC-HARDEL, IMPRIMEUR-LIBRAIRE

RUE FROIDE, 2

—

1868

Extrait de l'Annuaire normand. — *Année 1869.*

C.

ASSOCIATION NORMANDE.

CONGRÈS DE FLERS.

RAPPORTS ET ALLOCUTIONS.

Messieurs,

Il y a seize ans, presque à pareil jour, l'Association normande, en se rendant à Domfront, la ville désignée pour son Congrès provincial, s'était arrêtée à Flers.

Une exposition industrielle, dont nous avons tous conservé le souvenir, avait été préparée par nos honorables collègues MM. Toussaint et Schnetz.

Les accents de leurs voix amies viennent de retentir pour saluer le retour du fondateur vénéré de notre belle Association et de ses libres et fidèles collaborateurs.

Après une longue séparation, nous sommes joyeux de nous retrouver ici. Parmi ceux qui accompagnaient, il y a seize ans, notre pacifique bannière, combien sont absents..... et qui ne reviendront plus !

Pour moi, Messieurs, j'avais emporté, en vous quittant autrefois, un désir, une espérance ! Revoir encore l'arrondissement de Domfront, les cités laborieuses et florissantes qui avaient témoigné à notre Société une si

Société une si loyale sympathie. En m'éloignant, j'avais tiré du présent un flatteur présage pour l'avenir de toute la contrée industrielle et agricole.

J'avais été l'un des pionniers de la session de 1852, et je remercie mes collègues, qui ont bien voulu me choisir aujourd'hui pour vous rendre compte des travaux de la Commission nommée pour décerner les prix attribués aux fermes les mieux cultivées de l'arrondissement de Domfront.

Les membres de cette Commission, présidée par M. SCHNETZ, étaient : MM. le marquis DE TORCY, député ; HALBOUT, de Flers ; BICHAIN, de Domfront ; le baron HOUSSIN DE SAINT-LAURENT, directeur de la ferme-école ; NÉEL, administrateur du domaine de Dieufit.

M. de Torcy a regretté de ne pouvoir partager les travaux de la Commission.

Le *Journal de Flers*, dans son numéro du 18 mars, avait rappelé encore que les déclarations des fermiers qui désireraient concourir, devaient être faites à la mairie de Flers avant le 1er mai.

La Commission a visité non-seulement toutes les fermes inscrites à la mairie ; mais beaucoup de fermes non inscrites l'ont été également. Vous apprécierez notre dévouement lorsque vous saurez que nous avons été dans tous les cantons de l'arrondissement, excepté dans celui de Juvigny.

Plusieurs jours ont été consacrés à cet examen long et pénible.

J'insiste sur ce point ; car l'on dira ici ce que j'ai entendu dire ailleurs : « Je n'ai pas vu la Commission « des fermes, pourtant mon exploitation vaut bien celles « que l'on honore d'une récompense. »

Si nos lauréats ne vous paraissent point appartenir à cette classe éclairée des cultivateurs riches, qui disposent d'un capital utilement employé dans une culture intensive ; nous sommes certains d'avoir choisi, dans un ordre plus modeste, des cultivateurs qui ont su mettre à profit les dons de la Providence. Inspirés par l'amour du travail, guidés par leur bon sens, dans la mesure de leurs forces, ils cherchent le mieux. Ils sont entrés dans une voie qui les conduira lentement au progrès ; leur persévérance, affermie par les distinctions dont nous allons les honorer, nous donne l'espoir qu'ils arriveront au but.

La persévérance est la véritable force du cultivateur ; c'est souvent toute sa fortune.

Vous serez peut-être étonnés en voyant que les conseils éclairés, donnés par les praticiens du Congrès de Domfront, paraissent peu appliqués par la moyenne et la petite culture du pays.

Ce fait fâcheux est facile à comprendre. Les fermiers n'ont d'autre instruction agricole que les leçons et les exemples de leurs pères ; les propriétaires, qui auraient pu et dû s'instruire, sont souvent plus routiniers que leurs fermiers. Nous avons recueilli dans notre visite des fermes, des faits trop nombreux pour ne pas avoir à cet égard une opinion bien motivée.

Instruments. — Les instruments n'ont pas été modifiés dans les fermes : la vieille charrue, le hable, une petite herse, un rouleau, voilà les seuls instruments. Nous n'avons rencontré qu'une machine à battre et dans une seule exploitation des charrues avec les versoirs en fonte.

Fumiers. — Les fumiers étaient aussi bien aménagés il y a seize ans qu'aujourd'hui ; le purin comme autrefois est retenu dans une rigole qui entoure le fumier pour servir d'abord à son arrosage, puis il est conduit dans les prés.

Il n'y a point de fosses couvertes ou de citernes pour le recevoir; donc, l'engrais par excellence n'est pas recueilli convenablement; la quantité disponible est beaucoup amoindrie, et les principes fertilisants sont presque tous évaporés.

Un fermier, dans une exploitation de 20 à 50 hectares, est-il assez aisé pour construire à ses frais une fosse à purin et l'armer d'une pompe? Non, c'est au propriétaire que cette dépense incombe.

Animaux. — La race bovine est généralement bonne. Les concours parlent aux yeux: c'est peut-être leur seul enseignement; puis le prix très-élevé des animaux engage tous les éleveurs ou les acheteurs à mieux choisir le bétail et surtout à le mieux nourrir. Il y a au moins sous ce rapport une grande amélioration.

Chevaux. — La race chevaline de trait est la seule possible dans les petites fermes. Il y a peu de poulinières; on préfère acheter des animaux de deux à trois ans.

Moutons. — La race ovine est très-peu nombreuse: on rencontre à peu près partout quatre ou huit brebis pour recueillir la laine qui est nécessaire à l'entretien de la maison.

Porcs. — On élève peu de porcs, on se contente d'acheter et de nourrir dans la proportion de la consommation.

Ceux que l'on rencontre ne présentent aucune trace de croisements avec les races anglaises, qui ont dû cependant être connues et appréciées dans le pays, lorsque florissait l'exploitation de M. le marquis de Torcy, à Durcet.

Drainage. — Le drainage s'exécute toujours plutôt avec des pierres qu'avec des tuyaux. Il paraîtrait que le propriétaire intervient rarement : le fermier seul se met à l'œuvre avec ses ouvriers, car les effets merveilleux du drainage sont parfaitement connus et appréciés.

En général aujourd'hui, les propriétaires font exécuter les travaux de drainage, et les fermiers paient un intérêt convenu.

Ouvriers. — Les familles des cultivateurs étant assez nombreuses, on paraîtrait ici se ressentir un peu moins dans les petites exploitations, de la rareté des ouvriers et du surenchérissement de la main-d'œuvre. Depuis seize ans le prix de la journée a augmenté soit d'un tiers, soit de la moitié, soit du double même, selon les localités. A mesure que l'ouvrier se fait payer plus cher, il travaille moins : c'est un double fardeau qui pèse sur la culture.

Salaire mixte. — Il est fâcheux de voir à côté d'une élévation de salaire un abaissement de moralité : aussi presque partout le travail ne se fait plus à la journée, mais à la tâche. Dans certaines fermes du Nord, on a établi ce qu'on appelle le salaire mixte; c'est-à-dire chaque ouvrier ou serviteur reçoit une partie à la journée et une partie à la tâche : cet usage donne plus d'activité au travail et l'ouvrier y trouve un salaire élevé.

Émigration de 2,000,000 d'ouvriers. — Les grands travaux des villes et les armées permanentes enlèvent une partie des hommes valides, et déjà de 1851 à 1862, l'agriculture avait perdu plus de 2,000,000 d'ouvriers. Toutes les réponses au Questionnaire de l'enquête agricole ont fait connaître l'opinion générale sur les conséquences du dépeuplement dans les campagnes.

Contingent. — Le recrutement ancien mettant les campagnes en coupe réglée, était une cause de dépopulation, et de toutes parts on a demandé la réduction du contingent militaire.

La nouvelle loi doit-elle modifier cette situation ? Donne-t-elle satisfaction à ces plaintes ? Je pose la question, mais je respecte trop les habitudes de l'Association normande pour m'en écarter, et je passe outre.

Il y a des leçons de l'histoire que nous avons le droit de rappeler.

L'histoire nous enseigne que la population se développe et grandit en proportion de la diminution du chiffre de l'armée.

L'histoire nous enseigne que la dépopulation des campagnes est le signal de la décadence des nations.

La nation redoutable n'est pas celle qui vide ses campagnes pour emplir ses casernes ! Ayez une forte population agricole et l'étranger ne menacera jamais vos frontières.

Montesquieu, qui n'est pas contemporain, pensait et écrivait jadis :

« La France se perdra par les gens de guerre. »

Ces indications préliminaires me paraissent nécessaires pour mieux faire comprendre les résultats de notre inspection. Nous donnerons, plus loin, les conseils de la Commission et son opinion sur les moyens qui faciliteraient les progrès de l'art agricole.

Voici d'abord le nom des exploitations qui ont été visitées pendant les journées des 3, 4, 5, 10 et 23 juin :

A Flers, M. Guédon, fermier à la Besnardière. Propriétaire, Mme Dumesnil-Jeuvrain. — Le Prince (Jean), fermier à la Besnardière. Propriétaire, Mme Dumesnil-Jeuvrain. — M. Auvray, fermier à la Bruyère-Chapelle. Propriétaire, M. Lebrun-Retout.

A Chanu, M. Rouillet, ferme des Buissons. Propriétaire, M. Lecornu, doyen de Flers.

A Larchamp, M. Tirard, fermier des Hutereaux. Propriétaire, M. Pitot.

A St-Maurice, Rouillet, fermier à la Cour-St-Maurice. Propriétaire, M. Lecornu.

A Landigou, M. Constantin, ferme du Carrefour-Paris. Propriétaire, Mme veuve Chrétien.

A Athis, M. Delozier, ferme   . Propriétaire, M. Chesnel.

A Bellou, M. Touchard, ferme   . Propriétaire, Mlle Toustain. — M. Pagny, ferme de Beaumont. Propriétaire, M. Bertrand, député.

A Messey, M. Colette, ferme de la Tuilerie. Propriétaire, Mme veuve Miclard.

A Magny-le-Désert, M. Pelluet, ferme de Durcet. Propriétaire, M. le marquis de Chambray.

A St-Maurice, M. Chollet (Victor), ferme de la Cour. Propriétaire, M. le comte de Contades. — M. Pierre Buret, fermier à la Marc-Mallet. Propriétaire, M. le comte de Contades.

A Athis, M. Roger (Jean), ferme de la Bourdonnière. Propriétaire, M. Hardy-Lafosse. — M. Bisson (Louis), ferme du Vivier. Propriétaire, M. Daligault.

A Flers, M. Lemancel, ferme des Pilières. Propriétaire, M. Leblanc, à St-Bomer. — M. Balloche (Jean), ferme de Launay-Roussel. Propriétaire, M. Féron (Antonin).

A Torchamp, M. Moitier (Siméon), ferme de Lyonnière. Propriétaire, M. Camille de Pracomtal.

A St-Front, M. Bienvenu (André), ferme de La Foutelaye. Propriétaire, M. Desvillettes.

Plusieurs établissements hors concours ont été visités par la Commission :

1° Les desséchements de M. Schnetz, à Messey ;

2° La ferme-école du Saut-Gauthier, appartenant à M. le baron Houssin-Saint-Laurent ;

3° Les défrichements de M. Gevelot, au Mont-d'Hert, ferme de Dieufit, construite récemment et administrée par M. Néel.

Peut-être, Messieurs, si le travail du rapporteur de la Commission n'avait pas été aussi compliqué par les appréciations particulières qu'il doit présenter sur les fermes reconnues par la Commission dignes des récompenses de la Société, aurait-il pu donner sur les autres fermes des détails qui tous auraient intéressé ; mais il y a entre elles si peu de variété dans le mode d'exploitation, les assolements et les animaux, que nous nous sommes arrêtés aux lauréats.

Ferme de M. Auvray.

La ferme de la Bruyère-Chapelle se trouve sur la route de Flers à la Chapelle-Biche ; les premiers champs bordent la route : l'habitation du fermier est au centre de l'exploitation, à environ 500 mètres de la route.

La Commission a commencé son examen par plusieurs champs qui se trouvaient sur le chemin de la maison ; une terre, nouvellement préparée avec soin, venait de recevoir son ensemencement. Le sarrasin n'était pas encore levé. Toutes les haies avaient été coupées, les banques réparées. La charrue venait travailler jusqu'au pied de celles-ci ; aucun espace n'était sans culture, tout était en bon entretien. Le champ qui venait ensuite avait reçu tous les soins qui nous avaient frappés dans celui qui le précédait ; la récolte était bonne, et cependant la ferme de la Foutelaye repose sur un sous-sol schisteux, la couche arable est peu profonde et elle n'est elle-même qu'une désagrégation du sous-sol.

Nous entrâmes dans une cour assez bien plantée ; le terrain est très en pente ; la maison se trouve près de la barrière, les bâtiments de la ferme sont placés, les uns en haut, les autres en bas, un peu partout, selon les dispositions du terrain ; plusieurs sont nouvellement réparés, d'autres en réparation.

La contenance de la propriété est de 21 hectares en labour et environ 7 hectares en cour et prés.

Lorsque Auvray est entré dans cette ferme, elle se trouvait dans les plus mauvaises conditions : l'ancien fermier avait laissé les champs presque sans culture et la fosse à fumier vide : les prés étaient envahis par de mauvaises herbes ; les haies s'étendaient dans les champs à plusieurs mètres des banques écroulées ; le propriétaire ne pouvait trouver un fermier assez osé pour entreprendre la restauration d'une propriété qui allait exiger des sacrifices considérables et des travaux longs et difficiles, avant que le fermier pût prétendre recueillir le prix de ses peines et de ses avances.

Auvray, homme simple mais actif, entouré d'une famille laborieuse, ne fut pas intimidé de la tâche qu'il allait s'imposer.

Un devis a soigneusement constaté la situation de la ferme, et lorsqu'il aura fini son bail, on verra la vérité de ce proverbe : *Tant vaut l'homme, tant vaut la terre.*

Auvray a placé son fumier, qui est parfaitement entretenu, sur la partie la plus élevée de la cour, près de l'écurie et d'une étable à veaux ; deux autres étables assez éloignées sont dans le bas de la cour.

Il n'a pas de fosse à purin, mais il le soigne de son mieux, et sans craindre sa peine ; s'il a placé son fumier en haut de la cour, c'est afin d'être maître de disposer de son purin pour en amender les parties les plus maigres.

Trois chevaux de trait suffisent aux travaux de la culture.

Sa vacherie se compose de quinze vaches et génisses, surtout de génisses ; il les choisit lui-même, et on peut le complimenter sur son cheptel. Ces animaux sont de taille moyenne, parce que le sol ne permet pas d'en avoir de grande taille : elles sont plaisantes à l'œil, si je puis me servir de cette expression ; le blé, l'avoine, le seigle, sont propres : tout annonce une bonne végétation. Les labours sont donnés en saison convenable, et les engrais ne sont pas épargnés ; rien ne traîne, tout ici a sa place ; le grand maître de l'exploitation : c'est l'ordre !

C'est une bonne chose que de rencontrer dans une ferme le rangement de chaque objet ; c'est de la comptabilité à l'extérieur, elle complète la comptabilité intérieure, toutes les dépenses sont rendues profitables.

Dans les fermes de cet arrondissement, qui sont toutes d'une étendue fort restreinte, les bénéfices se composent des économies les plus infimes ; les petits ruisseaux ne feront jamais une grande rivière, mais le fermier sait bien que les petits riens composent, à la fin de l'année, une petite somme rondelette, qui lui donne confiance et courage. Quelle que soit la position sociale, rien ne peut prospérer sans l'ordre.

L'ensemble des travaux d'Auvray, depuis son arrivée

à la Bruyère-Chapelle , nous inspire confiance : nous voyons partout son amour de l'ordre ; et pour fortifier son courage , la Commission lui a décerné une récompense.

Ferme de M. Rouillet.

M. Rouillet exploite , depuis trente-deux ans , une ferme située à Chanu. La contenance de ce domaine est de 20 hectares en labour et 10 hectares en cour et prés. Les terres sont un peu froides ; les instruments sont toujours ceux du pays.

Il y a deux formes pour les fumiers , elles sont faites avec un grand soin ; le purin est toujours employé pour l'arrosage des fumiers : il n'y a rien de perdu.

La cour est très-propre , bien plantée ; les bâtiments sont assez rapprochés , ils sont en bon état.

L'écurie se compose de trois chevaux de trait, une jument poulinière suitée , une pouliche d'un an.

La vacherie compte deux vaches à lait et quatorze génisses. L'ensemble du troupeau est très-régulier ; les génisses sont assez fortes , bien choisies.

L'hiver, on engraisse quatre bœufs.

Les céréales sont bonnes ; comme les terres sont un peu humides, malgré les soins pris pour l'écoulement des eaux, certaines parties sont médiocres. Un pré , qui fournit aujourd'hui un foin abondant et de bonne qualité , ne donnait aucun produit à l'arrivée du fermier, il y a trente-deux ans.

Des travaux très-considérables ont été exécutés ; le propriétaire, M. Lecornu, curé-doyen de Flers , en a pris sa bonne part. Un fermier n'aurait pu le faire. Des eaux ont été amenées dans une marre cimentée, d'où elles passent dans l'abreuvoir de la ferme avant d'aller arroser la prairie. Elles sont retenues ou coulent à volonté. Toutes les haies sont taillées avec soin, les banques réparées. L'ensemble de cette exploitation indique l'aisance du fermier et la satisfaction du propriétaire. M. Rouillet a été désigné pour être médaillé.

Ferme de M. Constantin.

M. Constantin demeure, depuis dix-huit ans, dans la ferme de la Cour-Paris, à Landigou, qui appartient à Mme veuve Chrétien.

Cette ferme est parfaitement située ; les terres sont saines et les prairies riches en foin de bonne qualité ; 25 hectares composent les terres arables, 7 hectares les prés et la cour.

M. Constantin cultive bien, selon l'usage du pays ; il croit peu au mieux, et il paraît douter de la supériorité des nouveaux instruments. Ses fumiers sont très-bien préparés ; le purin, qui est abondant, est retenu dans une fosse ouverte, et on le conduit dans le pré par une tranchée.

Il y a des terreaux amassés et que l'on portera dans les prairies, lorsque les foins seront récoltés.

La cour est bien plantée ; mais, depuis quelques années, on remplace les pommiers morts par des arbres envoyés de Caen par le propriétaire, et ces arbres paraissent très-mal choisis.

Cinq juments et plusieurs élèves composent l'écurie : race de trait améliorée.

Quatre vaches à lait, un taureau, trois veaux de lait

et treize génisses indiquent que le fermier donne à la composition de son étable les soins les plus vigilants et les plus éclairés. Aucun animal ne dépare l'ensemble ; et, dans ce pays où certainement la race bovine est très-améliorée, on voit rarement un choix mieux entendu.

Les champs de blé et d'avoine sont très-supérieurs, à cause de leur propreté, et la végétation annonce une terre labourée, amendée par un cultivateur très-soigneux. Satisfait de sa prospérité, content de son bien-être, M. Constantin ne comprend peut-être pas assez que, malgré le mérite d'une culture, il y a toujours un progrès à faire.

En agriculture comme en industrie, il faut marcher. Le temps de l'âge d'or, où l'on disait : heureux celui qui cultive ses champs, est loin de nous.

La vapeur va remplacer, pour tirer la charrue, les bœufs paisibles et lents. Il faut secouer une pratique trop séculaire : elle a eu son temps ; aujourd'hui, levons-nous et marchons. — Garde à vous, maître Constantin : aujourd'hui, nous vous décernons encore une récompense... mais garde à vous !

Dans la journée du 23 juillet, la Commission, de nouveau réunie, a pu terminer ses opérations.

Ferme de M. Jean Balloche.

Jean Balloche cultive, à St-Bomer, la ferme de Launay-Roussel, qui appartient à M. Antonin Féron.

Les bâtiments de cette ferme sont heureusement disposés et permettent que la cour du fermier soit parfaitement tenue.

Plusieurs formes de fumier disposées près des étables

sont faites avec soin ; mais le purin, là comme ailleurs, n'est pas suffisamment conservé. L'intérieur de cette exploitation est très-convenable ; la maison, d'une propreté exceptionnelle.

La cour est plantée, et les arbres qui meurent sont remplacés par de jeunes pieds très-vigoureux.

Il y a 20 hectares de terres à labour et à peu près 7 hectares de prairies. Deux chevaux suffisent pour cultiver les champs ; la vacherie est composée de quatre vaches laitières, cinq veaux de lait, quatre génisses de deux à trois ans et huit bœufs de graisse.

L'ensemble du troupeau est bien, surtout les bouvillons nés sur la ferme.

Les récoltes sont très-bonnes ; nous avons remarqué une belle pièce de chanvre et une de sarrasin ; malgré la sécheresse, leur rigoureuse végétation indique la bonne préparation des terres ; on a semé du maïs pour faire manger en vert : cette plante, qui donne un excellent fourrage, devrait être plus connue des cultivateurs ; une très-belle pièce de trèfle et ray-gras promettait une abondante récolte. La ferme de Jean Balloche n'est pas très-considérable, et cependant elle nous a paru mériter, à cause de son ensemble, une récompense particulière.

Ferme de M. Moitier (Siméon).

La ferme de Lyonnière, commune de Torchamp, appartenant à M. Camille de Pracomtal, est exploitée par Moitier (Siméon), depuis trois ans seulement.

Cette ferme était en mauvais état lorsque l'ancien fermier se retira ; mais comme la terre est de très-bonne qualité, le nouveau fermier, par des avances d'engrais, a déjà remis les terres en plein rapport.

Il n'y a qu'une petite cour en herbe ; les prés naturels sont bons ; une portion de landes, d'environ 4 hectares, a été convertie par le nouvel arrivant en bonne prairie. Malgré l'absence d'herbage, le bétail est très-beau et nombreux, il est nourri à l'étable presque toute l'année : c'est une particularité qui indique une bonne terre dont on sait tirer habilement parti. La contenance du labour est de 20 hectares ; les prairies ont 8 hectares.

L'écurie se compose de : quatre juments poulinières de trait, suitées de poulains.

La vacherie est nombreuse, les animaux sont de grande taille et se divisent ainsi : neuf vaches à lait, quatre génisses de deux ans, six génisses d'un an, six veaux de lait, quatre bœufs de graisse, quatre bouvillons et trois taureaux d'un an. Toutes ces divisions de la vacherie sont d'un heureux ensemble : il y a aussi seize brebis et agneaux.

La cour est mal tenue, et si la forme du fumier en contient beaucoup, elle est fort négligée.

Les pièces de blé sont propres et belles, l'avoine aussi ; le sarrasin est très-beau ainsi que les trèfles.

Nous avons remarqué une fouilleuse Bodin qui n'a pas encore servi et une espèce d'extirpateur très-mal fait.

Les bâtiments sont vieux, trop petits ; mais la ferme se distingue par le nombre et la qualité de ses bestiaux et surtout parce que le fermier nourrit à l'étable jusqu'après la récolte des foins son nombreux bétail.

Pour son bétail et la beauté de ses récoltes, la Commission lui a décerné une médaille.

Ferme de M. Jean Le Mancel.

La ferme des Pilières, commune de Flers, appartenant

2

à M. Le Blanc, et exploitée par M. Jean Le Mancel, se compose d'environ 30 hectares de labour, 7 hectares de prés, une cour très-bien plantée de 3 hectares. Les pommiers sont très-beaux et jeunes, mais ils sont trop rapprochés les uns des autres.

On a drainé avec des tuyaux les parties un peu humides de la cour.

On entretient quatre juments pour la culture et on élève deux poulains; il y a trois bonnes pouliches de deux ans.

La vacherie compte six vaches à lait, un taureau d'un an, quinze génisses de deux à trois ans, quatre veaux de lait.

Les instruments sont comme ailleurs ceux du pays, et l'assolement ordinaire de cinq ans.

Une lande qui était en très-mauvais état a été transformée par le fermier en un bon herbage : les haies sont bien tenues.

Les récoltes sont toutes bonnes, les terres sont par conséquent bien fumées et bien labourées; des terreaux attendent le moment d'être employés.

Jean Le Mancel paraît un cultivateur laborieux et secondé par sa famille.

Les bâtiments de sa ferme ne sont pas en bon état, ils sont très-insuffisants; il y a une bouillerie, et comme la cour est bien plantée, on convertit en eau-de-vie le cidre qui n'est pas nécessaire à la ferme.

Parmi les belles récoltes de cette année, on peut citer celles de Jean Le Mancel, et cependant les terres ne sont pas aussi bonnes que celles de la ferme de Lyonnière,

La Commission lui a décerné une médaille.

Ferme de M. André Bienvenu.

La Commission a visité, dans la commune de St-Front, la ferme de la Foutelaye, appartenant à M. Devilette, et dont le sieur André Bienvenu est le métayer depuis sept ans.

Cette propriété se compose de 20 hectares de labour, 14 hectares de prairies et cour plantée.

On nourrit sur ce domaine vingt vaches ou génisses de deux à trois ans, neuf veaux de lait, trois chevaux de trait.

Quelles sont les conditions imposées aux contractants? Le propriétaire fournit la moitié de toutes les semences.

Il contribue pour moitié dans l'achat du bétail.

Il donne des ouvriers pour aider aux travaux de défrichement dont nous parlerons plus loin.

Il procure les engrais ou les amendements qui sont nécessaires pour la première récolte que l'on obtient après le défrichement.

Il partage avec son métayer le produit de la vente de tout le bétail, tous les fruits, les grains de toute nature provenant des récoltes.

Sur la moitié revenant au métayer, celui-ci doit trouver la rémunération de son travail, l'argent nécessaire pour subvenir à tous les frais de la culture, à la dépense de son ménage, à l'entretien de sa famille.

La couche végétale est peu profonde et peu riche ; le sous-sol ne peut guère, par sa nature argilo-siliceuse, accroître l'épaisseur du sol.

Ces terrains sont mauvais : l'hiver, ils sont trop humides, et ils résistent mal à la sécheresse pendant l'été.

La ferme de la Foutelaye est située sur le bord de la route de Domfront à la Ferté-Macé, à peu de distance de la forêt d'Andaine. Les terres forment une double pente ; la maison est construite sur le versant qui remonte vers le nord et fait face à la route. Les bâtiments d'exploitation sont en bon état, mais ils sont très-insuffisants : c'est dans un coin de l'écurie que le métayer est obligé de placer ses tonneaux.

Tous les champs de la ferme étaient autrefois des bois, des bruyères, des roches. Une partie de ces terrains avaient été défrichés avant l'arrivée de Bienvenu ; mais ce travail avait été mal exécuté. Bienvenu a été obligé de recommencer, et de plus 12 hectares, mis aujourd'hui en rapport, sont le fait de son labeur.

Quel est l'avenir d'un métayer ? Ce mode de louage était très en vigueur dans la Mayenne. A-t-il jamais été favorable aux propriétaires et surtout aux fermiers ? Nous avons visité, il y a quelques années, un grand nombre d'exploitations, dans ce département, à l'occasion du Concours régional de Laval, et l'opinion du jury nommé pour rechercher l'exploitation la mieux dirigée pour lui décerner la prime d'honneur, a constaté : que si la coutume du métayage n'était point défavorable matériellement au propriétaire, malgré tous les tracas d'un système de redevances aussi multiple, il était évident que le métayer était condamné à une éternelle dépendance. Non, jamais il ne connaîtra la médiocrité la plus infime.

Nous avons vu des familles qui, depuis plus de deux siècles, languissaient dans la même métairie. Elles ne possédaient rien qu'une partie d'un pauvre cheptel ; elles étaient condamnées à ne pouvoir léguer à leurs enfants que la souffrance héréditaire qui les enchaînait sans espoir aux lieux où moururent leurs pères.

Ces métayers pourtant n'avaient point entrepris les rudes travaux qui vont nous occuper ; leurs terres étaient plutôt fertiles que pauvres.

Sur cette terre de la Foutelaye, que se passe-t-il depuis sept ans ? Vous savez que le sol arable est mauvais. Un mot sur l'homme qui croit pouvoir asservir la nature et la rendre esclave de son énergique et intelligente volonté.

Bienvenu, né pauvre, fut ouvrier, puis domestique de ferme. Après dix-sept années de condition, il avait recueilli de son salaire, de la régularité de sa vie, de ses épargnes de chaque jour, une somme de 3,000 fr. Il se maria, sa femme était aussi courageuse et économe : ils crurent trouver une condition plus douce, plus libre peut-être, car dans quel cœur ne vibre pas ce sentiment, en se plaçant dans la métairie de M. Desvillette ?

Nous avons dit quels furent ses premiers travaux. Il répare ce qui a été mal fait, puis il s'arme de la pioche, de la pince, de la pelle, pour entreprendre de nouveaux défrichements.

Sur chaque hectare, il arrache plus de 500 mètres de pierres ou plutôt des rochers, car nous en avons vu qui pesaient plus de 300 kilogrammes.

Nous avons visité un défrichement commencé, nous avons remarqué des tas énormes de pierres, nous avons remué ces masses rocheuses : qu'en fait-il ? Il creuse dans les parties humides de ses prés des tranchées pour écouler les eaux ; 530 mètres de ce rustique drainage ont produit de bons effets ; ailleurs il construit des murailles pour enclore ses champs : partout il assainit et améliore.

A son entrée, les prairies ne produisaient que huit cents bottes de foin, aujourd'hui c'est huit mille bottes qu'il serre dans les greniers.

Sur le défrichement de l'année dernière, nous avons trouvé une avoine qui aurait été bonne si la sécheresse de la saison ne lui eût pas été contraire.

Plus loin il construit un aqueduc qui traverse la route et amène les eaux sauvages dans une mare disposée dans un pré ; dans cette mare il apporte des matières fertilisantes. Lorsque ces eaux sont devenues fécondes, il les répand sur ses prairies. Une vanne le rend maître de les utiliser, lorsqu'il juge le moment convenable.

Depuis sept ans, il défriche chaque année environ 2 hectares ; les terres les mieux cultivées peuvent lui donner 400 gerbes par hectare.

Son étable est composée d'un joli troupeau de vaches et de génisses choisies avec beaucoup de discernement ; les formes sont bonnes, la taille des animaux en harmonie avec la richesse du sol : tout porte le cachet du raisonnement et de l'intelligence.

Ses trois chevaux de trait sont en bon état, et ils ont, en outre des travaux du labour, à exécuter les transports des pierres des défrichements.

Les instruments sont rangés, sa cour est propre, son fumier n'est pas négligé, les bâtiments ont des gouttières : les eaux de pluie sont dirigées sur une prairie.

Les travaux de Bienvenu sont connus de quelques membres de la Commission qui en sont les témoins presque journaliers.

Pour nous, Messieurs, notre satisfaction a été complète ; nous avons admiré cet homme qui travaille et dirige lui-même le domaine comme s'il en était le véritable possesseur; et lorsque son corps sera épuisé, quelle part sera la sienne? Lorsqu'il devra quitter les lieux qu'il a su transformer, quelle sera sa récompense? Peu de chose, bien peu de chose, si tout va bien jusqu'au dernier jour; car vous le savez, tout son avoir est à la merci de ces fléaux qui répandent dans nos campagnes la ruine et la misère. Une grêle ne peut-elle pas s'abattre sur ses moissons, la maladie, sur ses étables? Peut-il conjurer ces malheurs? Non; le Crédit agricole prête aux riches; et la Caisse générale des assurances agricoles, une des grandes pensées de Napoléon Ier, où est-elle? dans les cartons des ministères.

Oh? si l'Association normande pouvait à de tels hommes donner mieux que des coupes, des médailles, des paroles sincères d'encouragement et de sympathie, elle le ferait de grand cœur. Bienvenu, c'est le travail fait homme! Il est né sous une condition pénible, peu aisée, et son travail ne l'en fera pas sortir. Pourra-t-il sûrement assurer à lui et à sa famille le pain de chaque jour? et toute sa vie, la sueur aura baigné son front. Il y a des sueurs arides, Messieurs, il y en a aussi de fécondes. Celles de Bienvenu, nous l'espérons, le seront! Un jour dans sa vie que cet homme sente son cœur battre d'un sentiment de joie: il l'éprouvera, ce sentiment, lorsqu'il saura qu'au nom de l'Association normande, votre Commission lui décerne la plus haute récompense dont elle peut disposer: *la Coupe d'honneur.*

Je crois, Messieurs, avoir exposé, comme nous l'avons comprise, la situation de l'agriculture dans cet arrondissement. Nous avons constaté peu de progrès et beaucoup de routine; mais nous croyons aussi que l'on peut faire disparaître la routine ici et ailleurs par l'instruction, et assurer le progrès en facilitant l'essor de la culture par l'établissement du crédit et la création d'une *Caisse des assurances générales agricoles.*

Il y a trente ans, ces trois propositions auraient été, à l'unanimité, déclarées inadmissibles par ceux que j'appellerai des hommes de volonté et d'intelligence.

On l'a dit pour l'instruction jusqu'au 31 décembre dernier : ne vous effrayez pas, M. Duruy a osé parler, et je l'en remercie ; ce qu'il va organiser est beaucoup plus difficile que l'établissement de ce qui nous reste à obtenir ; quand le pouvoir voudra, ce sera ! Tout s'enchaîne ; autrefois on disait : l'on ne sait pas lire dans les campagnes, d'ailleurs il n'y a pas de livres agricoles. On sait lire aujourd'hui et nous avons des livres : on a déjà beaucoup appris, on sait ce que veut dire le mot, crédit agricole ; on sait ce que l'on peut conjurer de ruines avec la Caisse des assurances.

Ces institutions serviront plus au petit fermier qu'à qui que ce soit ; elles changeront les conditions de sa vie, elles assureront son avenir. On a déjà discuté, on discutera longtemps encore, je le crains ; des paroles pour ou contre s'échangeront : souvent repoussées, ces idées reviendront. On aurait tort de se décourager, nous répéterons sans cesse : ces propositions sont le complément de l'instruction agricole ; il faudra bien créer le crédit. Comment le fondra-t-on, sans donner aux fermiers un peu de liberté ?

Pour emprunter un capital quelconque, il faut offrir une garantie. M. Darblay, dont l'opinion est considérée, disait au Corps législatif « que la loi devrait permettre « aux agriculteurs d'emprunter sur leur matériel. »

Certains articles du Code Napoléon, si sages en 1804,

ne sont plus en harmonie aujourd'hui avec les garanties que présentent les cultivateurs. Ils peuvent inspirer la même confiance que les commerçants.

On connaît les inconvénients de l'absence du crédit, la nécessité de le créer. Cette nécessité est absolue : si vous recherchez quels sont les obstacles, les premiers viennent de la loi.

La loi considère le cheptel et les récoltes qui représentent une valeur de onze milliards, comme la garantie du bailleur. Sur ces onze milliards, le fermier ne peut pas offrir la garantie d'un centime.

Voudra-t-on le délivrer de cette excessive compression, donnez-lui la liberté : la confiance et le crédit sont à ce prix.

Ce n'est pas tout; si vous voulez modifier la loi, il faut faire disparaître les éventualités de pertes et de ruines qui menacent l'agriculture ; donc, la création d'une Caisse des assurances générales agricoles devient indispensable.

Napoléon Ier avait chargé le Conseil d'État d'en préparer le projet, les événements qui lui enlevèrent la couronne, ne lui laissèrent pas le temps de mettre à exécution sa volonté.

L'expérience a démontré l'urgence de garantir l'agriculture des fléaux qui la ruinent : huit à dix milliards de valeurs agricoles subissent en moyenne par année cent millions de sinistres ; les assurances couvrent à peine un 20e des sinistres (1). L'impuissance des Compagnies particulières pour arriver à ce résultat est démontrée : c'est un devoir pour le gouvernement d'interposer son action.

(1) Quelle était l'opinion du Congrès? (Voir la session de 1847.)

Le *Moniteur* du 17 juin 1857 exprimait la pensée que, vu l'insuffisance de l'industrie des assurances, l'État défende les populations rurales contre les calamités qui les frappent. A cette époque, un projet de décret pour l'établissement d'une Caisse d'assurances agricoles fut présenté au Conseil d'État.

Pourquoi attendons-nous depuis si longtemps la création de cette institution ?

Nous rencontrons contre elle l'intérêt de toutes les Compagnies d'assurances ; alors les objections abondent. Quoi ! cela vous étonne ? Les idées justes, grandes, réparatrices, ont toujours de la peine à faire leur chemin !

Voyez l'idée de l'instruction agricole, a-t-elle compté assez d'adversaires ? La voilà arrivée cependant ! De même, Messieurs, un jour éloigné sans doute, mais un jour, vous aurez la liberté agricole, et avec elle le crédit ; vous aurez aussi la Caisse des assurances. Ces idées sont tracées, et elles auront leur application, ou votre agriculture est condamnée à une éternelle médiocrité. Nous terminons par les paroles prononcées par l'Empereur à l'ouverture de la dernière session législative, qui se réaliseront et adouciront encore les souffrances de l'agriculture :

« L'amélioration graduelle de nos finances permettra « bientôt de donner une large satisfaction aux intérêts « agricoles et économiques.

« Notre sollicitude devra alors avoir pour but la ré- « duction de certains impôts qui pèsent trop lourdement « sur la propriété foncière. »

Maintenant attendons (sous l'orme) les réductions promises, les bienfaits de la paix cuirassée.

VOICI L'ORDRE DES RÉCOMPENSES :

A André Bienvenu, la coupe d'honneur.

A Auvray, la médaille de vermeil.

A Constantin, 1re médaille.

A Rouillet, 2e médaille.

A Moitier (Siméon), 3e médaille.

A Jean Le Moncel, 4e médaille.

A Jean Balloche, 5e médaille.

HORS CONCOURS :

L'Association a décerné une coupe d'honneur, grand module, à M. Gevelot.

Une médaille de vermeil à M. Néel.

Une médaille d'argent à M. Amiard.

Un magnifique bouquet a été offert à Mme Néel.

Paroles adressées à Bienvenu en lui remettant la coupe :

« Rappelez-vous, Bienvenu, que cette coupe est à
« vous, à vous seul; vous êtes métayer, mais l'on ne
« partage pas vos sueurs : l'on ne partagera pas davan-
« tage l'honneur de posséder cette coupe. Elle est à
« vous, à vous seul; elle est le prix et la récompense
« de vos sueurs. Placez-la dans le lieu le plus apparent
« de votre maison : quand vous rentrerez fatigué, le corps
« brisé, sa vue vous redonnera du courage. Cette coupe,
« vous la montrerez à vos enfants, elle sera leur véri-
« table éducation, elle leur apprendra que le travail ne
« reste jamais sans récompense, car une coupe signifie :
« Honneur au travail ! »

VISITE A DIEUFIT.

DOMAINE DE M. GEVELOT, A BELLOU-EN-HOULME ET LA COULONGES.

Directeur administrateur : M. NÉEL.

M. Gevelot a acheté ce domaine qui faisait partie du Mont-d'Hert, à M. Bertrand, maire de Caen, au mois d'août 1862.

Le bois du Mont-d'Hert, situé sur les communes du Ménil-de-Briouze, de la Sauvagère, de la Coulonges et de Bellou-en-Houlme, comprenait cinq triages.

Mont-d'Hert, 219 hectares; la Source-Philippe, 245; la Croix-Langlois, 199; Lardelaise, 245, enfin Dieufit, 219. Ces deux derniers triages sont situés dans la commune de Bellou-en-Houlme.

A l'époque où l'administration voulut vendre ce bois, chaque triage forma un lot séparé, mais n'ayant point trouvé d'enchérisseurs pour aucune de ces divisions, on les réunit en une seule et même adjudication.

Le 18 septembre 1832, la totalité de ce bois fut adjugée à Mme Bertrand-l'Hodiesnière, pour le prix de 196,000 fr.

Cette dame usant du droit de commande céda 1/8e de son adjudication à un sieur Leboucher, fabricant, à Condé-sur-Noireau et 1/60e à M. Bertrand, maire actuel de Caen.

On ignore la date de la possession de ce bois par

l'État. Il paraît certain que ce bois faisait partie du domaine de Domfront, qui était possédé par la famille de Bellême, dont les derniers descendants en firent don, avec toutes les dépendances, vers l'année 1204, à Philippe-Auguste, roi de France.

S'il faut en croire Thébaud de Champassais, dans sa *Notice sur la ville et le domaine de Domfront*, nos rois, chaque fois qu'ils ont donné ce domaine, soit en apanage, soit à tout autre titre, ont toujours réservé les bois et forêts qui en dépendaient.

En 1862, M. Bertrand était le propriétaire du bois le Mont-d'Hert. M. Gevelot acheta 500 hectares; une autre partie fut vendue, et M. Bertrand a conservé la ferme de Beaumont, sur la commune de Bellou-en-Houlme, exploitée par M. Pagny; sur cette ferme de 100 hectares, dont la moitié est en herbe, la Commission a trouvé une vacherie composée de quinze vaches à lait, douze génisses et un taureau cotentin. Ces animaux sont très-beaux; comme toutes les prairies sont paturées, le fermier achète tout le foin nécessaire à la nourriture d'hiver. Ce mode d'administration n'a pas paru rationne à la Commission.

Le domaine, d'une étendue de 500 hectares, acheté par M Gevelot, était alors couvert de bois assez mauvais qui sont aujourd'hui convertis en terre à labour, prairies, sauf 33 hectares de bois.

Il y a aujourd'hui en labour :

Terre en labour. —317 hectares, mais dès que les prairies projetées seront faites, il ne restera que 267 hectares de terre en labour.

Prairies projetées. — En totalité : 200 hectares.

Prairies crées aujourd'hui. —150 hectares. Il n'en reste que 50 hectares à coucher.

Bois. —33 hectares.

Aménagement des eaux, irrigations, drainage, défri-chement. — Les eaux de la propriété proviennent de sources prises sur la propriété même, et d'un ruisseau qui prend sa source sur le domaine du Portail appartenant à M. Amiard-Esther, de Flers.

Toutes crues, ainsi que celles provenant des drains, sont utilisées pour les irrigations des prairies.

Les deux étangs projetés et commencés permettront d'élever le niveau de ces eaux et de les distribuer au besoin sur une très-grande étendue de terrain.

Nature des drains. —Toutes les vallées de la propriété ont été drainées au moyen de drains construits en pierre extraite du sol même de ce domaine. Les ouvriers, au nombre de 20 à 40, employés chaque jour à ces travaux, pendant environ 6 mois, venaient pour la plupart de la Coulonche, de St-Bomer et de Messei.

M. Gevelot a fait défricher, sous la direction de M. Néel, 400 hectares au moins de cette propriété dans l'espace de 5 mois, et il a employé à ces travaux une moyenne d'environ 1,000 ouvriers par jour. Ce chiffre s'est parfois élevé jusqu'à 1,600 ouvriers sortant pour la plupart des métiers à coutils, devenus déserts par le chômage des cotons. Ces ouvriers venaient de Flers, de La Ferté et des communes de St-Clair, St-Bomer, la Haute-Chapelle, St-Georges, en un mot, de tous les points de l'arrondissement de Domfront ; ils ne faisaient qu'essoucher, c'est-à-dire, extraire les grosses souches. Ils étaient suivis dans leurs opérations par dix charrues Bodin, de Rennes, attelées de 80 bœufs.

Travaux nécessaires pour établir les bâtiments. — Cette propriété ne devant faire qu'un seul corps de ferme, il était nécessaire d'étudier et de chercher la position la plus favorable pour élever les constructions.

Le sol de cette contrée étant très-tourmenté, les difficultés principales sont celles-ci : trouver un lieu bien orienté, à peu près central, facile d'accès et sur lequel il fût aisé d'amener les eaux en assez grande quantité pour tous les besoins. M. Gevelot, en compagnie de M. Néel et de son architecte, M. Amiard, de Flers, a choisi définitivement un emplacement qui exigeait plus de 100,000 mètres cubes de déblais. Ces déblais ont servi à combler les deux vallées voisines et à former des routes pour l'accès de la ferme et de toutes les parties de la propriété. Ces routes ont elles-mêmes formé des chaussées pour les deux étangs dont il a déjà été parlé ci-dessus.

Les ouvriers qui ont été employés à l'exécution de ces terrassements provenaient, comme ceux des défrichements, de tout l'arrondissement, mais principalement de La Ferrière, de St-Clair, St-Bomer et communes voisines.

Pendant l'exécution de ces déblais, les plans d'immeuble et de détail des bâtiments étaient tracés.

Plan d'ensemble du corps de ferme. — Le plan général représente un rectangle de 110 mètres de largeur sur 280 de longueur, jardin compris, le tout entouré de murs de clôture. La maison d'habitation sépare le jardin de la cour de la ferme. Cette maison comprend d'un côté, un logement pour le maire et l'habitation, et de l'autre côté, le logement du directeur et des gens attachés au service spécial de la maison proprement dite.

Maison d'habitation. Logement de M. Gevelot. — Le logement de M. Gevelot comprend : au rez-de-chaussée, un grand salon, une antichambre, une salle de billard, une grande salle à manger avec office ; les cuisines et réfectoires des domestiques sont situés dans le soubassement voûté en briques, ainsi que les caves, caveau, etc. ; le premier étage de ce logement est subdivisé en chambres de maîtres et chambres d'amis. Une grande pièce, destinée à servir de bibliothèque et de petit musée, occupe, au premier étage, le milieu de la maison. Une chapelle couronne l'avant-corps au-dessus de cette bibliothèque.

Logement du directeur. — La partie de cette demeure, affectée au logement de M. Néel et des gens de la maison, se compose d'un soubassement renfermant la laiterie, buanderie, fromagerie pour fromage blanc, les caves à cidre, caveaux, boulangerie, etc.

Le rez-de-chaussée comprend les deux chambres à l'usage du directeur, son bureau, sa petite salle à manger, un petit salon et le grand réfectoire des domestiques et ouvriers. Le premier étage est divisé en lingerie et chambre à donner.

Les dortoirs des gens de service sont situés dans les combles mansardés.

Dans un logement comme dans l'autre, on se sert de moule-plats pour arriver aux réfectoires et salles à manger.

Des inodores, avec réservoir diviseur Richer, sont placés à tous les étages.

Et enfin des tuyaux de conduite et des robinets donneront prochainement l'eau à discrétion dans toutes les pièces de cette maison.

Les bâtiments d'exploitation sont :

Bouverie. — 1° Une bouverie avec fosses pour 200 bœufs d'engrais.

Vacherie et écurie. — 2° Une vacherie pour 50 vaches

à lait, une écurie avec stalles pour 48 chevaux de culture, une grange.

3° Trois bergeries pour 1,500 moutons.

Abreuvoir. — 4° Une pièce d'eau ou abreuvoir de 28 mètres de longueur sur 11 de largeur, occupe le centre de la cour.

Cour et grilles. — 5° Cette cour n'est accessible que par deux grandes grilles en fer, en face desquelles se trouve la bascule et le bureau du peseur.

Maisons du garde et du jardinier. — 6° A côté de ces grilles sont situés les pavillons du garde et du jardinier.

Bâtiment des machines. — 7° Un bâtiment renfermant les machines destinées à la préparation des aliments des bestiaux forme, à l'ouest de la cour, le pendant de la maison d'habitation.

Porcheries et écuries à boxs. — 8° Les porcheries, écuries de chevaux de maître, boxs pour les juments poulinières sont situés au nord et au sud des deux grands bâtiments d'exploitation et parallèlement à ces bâtiments, dont ils ne sont séparés que par des fosses à fumier de 73 mètres de longueur, 9 mètres de largeur et 1 mètre 50 de profondeur inclinée.

Chemins de fer. — 9° Les grands bâtiments d'exploitation sont desservis, au rez-de-chaussée et au premier étage, par des chemins de fer et des ponts également en fer. Cette facilité de communication épargne une main-d'œuvre considérable.

Grange, batteuses. — 10° Deux batteuses fonctionnent dans la grange ; elles sortent des ateliers de Duvoir et sont mises en mouvement par une locomobile. Les chaudières sortent de la maison Durenne, de Paris, ainsi que la machine à vapeur, d'une force de 25 chevaux.

3

Poulailler. — 11° Le poulailler divise la basse bergerie située en face de la maison d'habitation. Cette position a été préférée à toute autre, à cause de la chaleur qui résulte du voisinage des moutons et de la surveillance facile des volailles par la directrice de la maison.

Hangar à voitures. — 12° Un hangar couvert sert à abriter toutes les voitures et instruments aratoires de la ferme. Des caves voûtées s'étendent sous ces hangars. Elles sont occupées par la maréchalerie, la charronnerie, le pressoir, etc., etc.

Les logements des animaux sont surmontés de greniers à grains et à fourrages. Les bouviers ont des lits suspendus dans la bouverie ; les charretiers, dans l'écurie ; les vachers, dans la vacherie. La plus grande partie des charrues sortent de la maison Bodin, de Rennes. Les charrues ordinaires sont celles dites charrues de Mantes ; la ferme possède les autres instruments de la grande culture : faucheuse, faneuse, rateau à cheval, rouleaux, extirpateurs, houe à cheval, etc., etc.

Salaire des ouvriers agricoles pour les travaux journaliers. — Moyenne : 2 fr. 25 par jour.

Les faucheurs sont payés à raison de 8 fr. par hectare. Les femmes gagnent 1 fr. 25 par jour ; elles se nourrissent. Pour faucher et lier les menus grains, il est payé 15 fr. de l'hectare, et 20 fr. pour le blé.

Le salaire des charretiers varie de 23 à 40 fr. par mois. Celui des servantes est de 20 fr. en moyenne par mois.

Les terres à labour ont été défoncées à 40 centimètres de profondeur.

Le sous-sol est en général schisteux et ferrugineux. Cependant, une partie du triage de Dieufit est sablonneux. On en extrait d'excellent sable, du granite tendre propre à la maçonnerie et même du granite dur, mais tellement oxydé , qu'il n'est pas possible de l'employer avec sécurité aux constructions qui exigent de la solidité.

Assolements actuels et projetés pour l'année.

Betterave. . . . . . . 35 hectares.

Blés. . . . . 70 —

Avoine. . . . . 70 —

Orge. . . . . 15 —

Seigle. . . . . 16 —

Sarrasin. . . . . 22 —

Prairies artificielles. — Trèfle, ray-grass, minette, luzerne, sainfoin et trèfle rouge, 80 hectares.

Plantes sarclées. — Betteraves et carottes, pommes de terre et navets, 14 hectares.

Les engrais commerciaux, principalement employés, sont les noirs et phospho-guano de la maison Gallet, de Paris.

31,089 kilog. de fumier par hectare pour betteraves et pommes de terre, avec engrais artificiels par dessus.

Comptabilité. — La comptabilité est tenue en partie simple par Mme Néel, directrice de la propriété. Les récoltes sont toutes pesées au moment de l'engrangement et les fumiers le sont en sortant.

Lors de notre visite, le 4 juin, nous avons pu juger les récoltes, et nous rendre parfaitement compte des résultats promis aux grands et intelligents sacrifices qui ont été largement faits, mais qui seront, la Commission en est convaincue, plus largement récompensés encore.

Cette culture, sur des terrains fraîchement défrichés, terrains toujours difficiles, quels qu'ils soient, à amener à une bonne fertilité ; cette culture qui comprend des céréales, des racines, des prairies naturelles et artificielles présente partout de bonnes récoltes qui ont été visitées.

Il m'a semblé que plus tard, lorsque tous les travaux d'organisation seraient terminés, M. Gevelot aurait à couronner son édifice agricole. Ce couronnement serait la haute cheminée de l'usine du nord, avec ses betteraves converties, soit en sucre, soit en alcool : son établissement doit être le phare qui éclairera nos cultivateurs. En ce moment, le Nord s'agite du récit merveilleux d'une nouvelle façon de préparer la terre. La culture en sillons a été importée d'Écosse dans le département du Nord. D'abord réservée seulement aux betteraves et aux colzas ; chez M. Lanthiez, près d'Arras, elle est appliquée aux céréales dans la grande terre de Lens, près d'Arras aussi, chez le célèbre Decrombecque, le patriarche de l'agriculture progressive.

L'agriculture ne peut prendre librement son essor que lorsqu'elle se fait industrielle. Voyez les usines agricoles du Nord : sucres ou alcools, distilleries de grain, engraissement, toutes les productions possibles du sol sont transformées.

Est-ce que ces terres étaient plus fertiles que les nôtres ? non ; le travail les a améliorées, mais en général même, notre sol naturel serait meilleur.

Tant que les grandes plaines normandes resteront sans industrie, nous ne dépasserons jamais une production moyenne, je dirai même médiocre : comparez vos rendements avec ceux des établissements dont je vous parle.

L'hectare rend en moyenne   36 hectolitres de blé.

—   65 à 70 hect. d'avoine.

—   45 à 50,000 k. de better.

—   50 hectolitres de colza.

Il y a près de Valenciennes une ferme qui nourrit trois têtes et demie de gros bétail par hectare, chiffre énorme que l'on rencontre rarement dans le département du Nord.

Le prix de la nourriture du gros bétail, par tête et par jour, est de 60 centimes.

Les pulpes de betteraves, les drèches de distillerie, la fermentation des fourrages peuvent seules réduire à un chiffre aussi minime la ration des animaux et des animaux à l'engraissement.

L'étendue de ce domaine est de 343 hectares, et on y trouve l'argile grasse plastique, la marne grise, le silex blanc, le sable glaiseux. On a appliqué le drainage avec succès.

Sera-t-il donc si difficile à M. Gevelot de donner à son magnifique établissement son complément industriel. Nous serions tous heureux de voir se réaliser dans notre département un exemple digne de tant d'éloges.

Les chevaux, le bétail considérable qui meuble les étables n'ont pas encore été l'objet d'un examen sérieux. Il a fallu, avant tout, pourvoir aux besoins de tous les services. Il fallait acheter à la hâte tous ces appareils vivants pour obtenir la production du fumier. Le but a été atteint et le moment de la sélection viendra.

M. Néel a l'honneur d'avoir été appelé à la direction des premiers travaux. Il a le droit d'être très-fier du succès de son administration.

Nous avons dit tout à l'heure que 400 hectares au moins ont été défrichés dans l'espace de cinq mois.

On a employé à ces travaux 1,000 ouvriers par jour, et quelquefois on en a compté jusqu'à 1,600.

Au moment où la crise cotonnière sévissait dans toute sa rigueur, les défrichements de M. Gevelot ont été la providence des ouvriers de l'industrie qui ne pouvait plus les nourrir ; les ouvriers trouvaient dans la sollicitude de Mme Néel une autre providence, la providence du foyer : les malheureux qui venaient demander à M. Néel une pioche, une hache, devaient-ils se coucher sur les racines des bois qu'ils arrachaient. Peut-être ailleurs, oui ! mais là, non ! Mme Néel organisait des dortoirs ; elle délivrait à prix réduit le cidre, les aliments et le secours d'une pharmacie pour les blessés ou les malades. Ce qu'il y a de plus admirable, Messieurs, dans ces grands travaux, c'est la charité d'une femme ! pour tous les pauvres exilés de la chaumière, où ils avaient laissé femme, enfants, vieillards, ils trouvaient dans Mme Néel la sollicitude vigilante d'une mère !

Nous voyons, Messieurs, dans cette grande et vaste entreprise de la transformation du domaine, autre chose donc qu'un succès d'argent à louer, succès très-mérité certainement : nous voyons en plus le cœur d'une femme chrétienne à admirer !

Il y a des vertus qui reçoivent en ce monde leur couronne ; cette couronne n'est pas fragile, elle n'est pas étincelante de pierreries, ni d'or : elle est tressée par les mains du pauvre ouvrier avec les fleurs de la reconnaissance, et les larmes en sont les rubis.

Ferme de M. Schnetz.

J'ai encore à vous entretenir, Messieurs. Ici ce n'est pas une coupe ni une médaille que je viens vous demander.

Il y a plusieurs manières de récompenser des travaux bien conçus, bien exécutés, bien réussis. Votre approbation dans toutes les circonstances vaut bien une médaille, sans doute !

Il y a des noms qui dans une contrée signifient beaucoup ; en les prononçant une sympathique attention s'éveille ; l'un de ces noms aimés est celui de M. Philippe Schnetz.

Notre collègue et ami a continué parmi nous la vie utile à son pays dont l'exemple lui avait été donné par M. Schnetz, son père.

A notre époque, à laquelle je ne veux pas ajouter une épithète, à notre époque, c'est quelque chose de bien rare et de très-louable que d'être assez sage pour aimer ses champs, son clocher, sa famille.

On trouve toujours autour de soi, une lande , un bois ou un marais à améliorer ou à transformer ; vous assurez par le travail la vie des familles ouvrières.

. Il y avait dans la commune de Messei un marais considérable ; non-seulement cette vaste surface ne produisait rien , mais de ces eaux croupissantes il s'exhalait des miasmes nuisibles à la santé des habitants de la contrée.

L'entreprise du desséchement du marais de Messei était tout à la fois une œuvre utile et philanthropique. Ces travaux ont été entrepris , l'exécution en a été rapide et les avantages prévus sont réalisés.

On a creusé au centre du marais un canal assez large et assez profond pour y recueillir toutes les eaux répandues à travers cette plaine fangeuse. L'écoulement rapide des eaux a été non seulement salutaire au marais , mais tous les terrains supérieurs se sont débarrassés de leurs eaux nuisibles.

Il a fallu procéder au nivellement du terrain : on s'est emparé de toutes les terres qui se trouvaient amoncelées çà et là, et nul ne pourrait supposer aujourd'hui, en voyant ces belles prairies, qu'elles ne sont pas l'œuvre de la nature.

Les bords du canal sont garnis de plantations faites avec soin ; un chemin particulier, très-bien entretenu, facilite l'exploitation d'un bois contigu à la prairie, ainsi que de la prairie elle-même.

Le chemin dont nous parlons divise à peu près la prairie : l'une des deux parties, qui contient 86 hectares, est entièrement terminée.

L'autre partie contient 40 hectares, on y nourrit déjà un cheptel de 58 têtes de gros bétail ; il reste encore quelques travaux à exécuter pour compléter sa transformation.

Une maison d'habitation, de vastes étables dans lesquelles on fait rentrer le bétail pendant les grandes chaleurs, des écuries et tous les bâtiments nécessaires à une exploitation ont été construits par M. Schnetz, près du chemin.

Il y a des terres en labour qui occupent 4 chevaux de demi sang ou de race de trait améliorée. On cultive des céréales et beaucoup de racines pour les animaux que l'on conserve pendant l'hiver.

L'exploitation du domaine indique dans tous ces détails qu'elle est l'œuvre d'un agronome, qui aime souvent à venir donner à la surveillance du régisseur l'impulsion du propriétaire.

Voilà donc 108 hectares d'eaux marécageuses, transformés en riches prairies ; une contrée fiévreuse, rendue à la santé, c'est-à-dire au travail et au bien-être. M. le directeur de l'Association normande voudra adresser lui-même à M. Schnetz les félicitations et les remerciments qui lui sont dus ; car le dessèchement des marais de Messei est une œuvre d'utilité publique.

VISITE A LA FERME-ÉCOLE DU SAUT-GAUTHIER

APPARTENANT A M. LE BARON HOUSSIN DE SAINT-LAURENT,

Directeur.

La Commission des fermes s'est arrêtée à l'établissement du Saut-Gauthier, le **23** juin ; elle a été reçue par le directeur et Mme la baronne de Saint-Laurent. La plus gracieuse hospitalité lui a été offerte : il était l'heure du déjeuner, nous arrivions dans les meilleures dispositions pour répondre à l'invitation.

Nous avons regretté de ne pouvoir prolonger notre halte : le temps ne nous donnait pas carte blanche ; aussitôt après le déjeuner, nous avons visité l'intérieur des établissements et les cultures.

En 1852, l'Association normande était venue visiter la ferme-école qui appartenait à MM. Louvel frères.

Le rapport de la visite qui a eu lieu alors, me dispense de revenir sur ce qui a été dit de la propriété, des bâtiments, du caractère et du but de la ferme-école.

Je n'ai donc à m'occuper aujourd'hui que du personnel, des jeunes gens qui composent l'école, et de l'ensemble des travaux, des récoltes, des travaux extérieurs, des défrichements et autres améliorations terminées ou en cours d'exécution.

M. le Directeur nous a parlé avec éloge de tous les chefs de service. Ils remplissent avec intelligence et dévouement les fonctions qui leur sont confiées ; ce sont :

MM. Picot, sous-directeur, agent-comptable, professeur d'agriculture ; Villette, chef de pratique ; Fiquet, jardinier, professeur d'horticulture ; Fortin, professeur vétérinaire.

Le nombre des élèves diminue à chaque réception ; la rareté de la main-d'œuvre, fait présumer que les parents préfèrent utiliser les forces physiques de leurs enfants au lieu de leur faire donner de l'instruction.

Personne ne parle aux enfants de la ferme-école, l'institution est bien peu connue dans les campagnes. Il faut espérer qu'à l'avenir, si le programme de M. Duruy est mis à exécution, les institutions pourront engager les élèves qui profiteront le mieux de leurs leçons, à venir les compléter à la ferme-école.

En ce moment, les jeunes gens qui viennent à la ferme-école, demandent presque tous à être attachés aux travaux du jardin : en effet, les bons jardiniers sont rares et les élèves du cours d'horticulture trouvent facilement une position en sortant de l'école.

Le jardin de l'école contient près de 4 hectares. Il est bien tenu ; les espaliers qui garnissent les murs sont bien dirigés.

L'ensemble des récoltes était assez bon. La sécheresse se faisait sentir ; la récolte des foins artificiels avait été bonne.

Dans les prairies naturelles dont le sol est médiocre, l'herbe était moins abondante que dans les années ordinaires.

ANIMAUX DE TRAVAIL ET DE RENTE.

Race chevaline.

Les étalons de l'école sont très-suivis ; on distingue particulièrement un étalon bai-brun demi-sang.

Étalons	2	
Poulinière.	1	
Chevaux et juments de travail	10	} 15
Poulains	2	

Race bovine.

Les étables sont toujours très-bien tenues ; les vaches sont assez bonnes, surtout pour la nature du sol. Il y a de jolies génisses ; les taureaux sont de race cotentine.

Vaches pleines ou à lait	21	
Taureaux	2	
Génisses d'un an à quinze mois	5	} 33
Veaux de l'année	5	

Race porcine.

La race Berckshire convient pour les croisements ; la viande est moins délicate que celle des races Essex ou Leicester, et les animaux croisés deviennent très-forts et mangent moins que la race normande pure.

Verrat de race berckshire pure	1	
Truies id.	2	
Truies de race croisée.	4	} 27
Porcelets	20	

Race ovine.

Bélier . . . . 1 ⎫
Brebis et agneaux . . . . 6 ⎬ 7

INSTRUMENTS DE CULTURE.

Il n'y a pas moyen d'arriver à une bonne préparation du sol si l'on ne réforme pas les vieux instruments ; et l'on ne saurait avoir un meilleur choix d'instruments que celui qui a été fait par M. le Directeur.

Charrues Howard, araires, Dombasle avec avant-train, scarificateur-extirpateur Clay.

Les instruments qui ne sont pas trop chers et qui rendraient bien des services dans les petites fermes du pays, sont les faneuses et les rateaux à cheval. Si l'on pouvait faire comprendre les avantages de l'association, on aurait un rouleau Croskill, si utile dans les temps de sécheresse.

Rouleau Croskill, herses Valcourt, id. du pays, id. en fer articulées, houes à cheval, butoirs, charrue fouilleuse Bodin, semoir Bodin, faneuse, rateau à cheval, machine à battre avec son manége de Pinet.

ASSOLEMENTS DE 7 ANS.

La théorie des assolements est toujours de faire succéder à une récolte épuisante une récolte améliorante. C'est le principe qui a présidé à l'assolement de sept ans adopté à l'école ; une terre bien engraissée, bien labourée, n'a pas besoin d'un assolement fixe. C'est au cultivateur intelligent à donner à sa terre, chaque année, la récolte qu'il veut en obtenir.

1re année : plantes sarclées et fourrages à une coupe , tels que vesces de printemps, maïs, trèfle incarnat, etc. ; 2e année : froment avec trèfle mélangé de ray-grass ; 3e année : trèfle de ray-grass ; 4e année : trèfle et ray-grass ; 5e année : avoine ; 6e année : sarrasin ; 7e année : froment.

ENGRAIS ARTIFICIELS EMPLOYÉS SUR L'EXPLOITATION.

Noir animal employé sur le sarrasin et sur les prairies , à la dose de 4 à 5 hectolitres à l'hectare.

Phosphate fossile , employé à la dose de 600 kil. à l'hectare, a produit des effets peu sensibles.

Phospho-guano , employé comme complément de fumure sur différentes cultures à la dose de 250 à 300 kil. par hectare , a produit d'excellents effets.

Similaire du phospho-guano, provenant de la fabrication de Rohart , à Aubervilliers , a produit les mêmes effets que le phospho-guano.

Guano du Pérou, employé dans la même proportion et dans les mêmes circonstances que les deux engrais ci-dessus, a produit également de très-bons résultats.

Emploi des fumiers faits sur l'exploitation et de fumiers achetés à Domfront, à raison de 1000 à 1200 mètres cubes par an.

Dans nos terres de la plaine, nous employons aussi et avec grand succès le tourteau de colza.

J'ai parlé dans mon rapport de 1852 de la nature du sol ; il n'a point changé.

DIVISION DES TERRES DE L'EXPLOITATION.

Terres labourables.	41	hectares.
Prairies.	25	—
Herbages.	26	—
Jardins et pépinières.	4	—
Terres en voie de défrichement.	4	—
Bois et bruyères.	45	—
	145	—

TRAVAUX ET AMÉLIORATIONS OPÉRÉS DEPUIS 1864.

Défrichements terminés, 5 hectares.

Défrichements commencés, 5 hectares,

Drainages pratiqués dans différents endroits, environ 1,200 mètres.

Construction d'environ 1,890 mètres de haies.

    —   —   260 mètres de murs.

Creusement d'environ 1,500 mètres de rigoles d'asséchement.

Création d'un nouveau jardin d'environ 36 ares.

Création de pépinières où sont plantés 15 à 16,000 pieds d'arbres à fruits, surtout des pommiers à cidre.

Les vœux, les remercîments que nous adressions à MM. Louvet, nous les adressons aussi à M. le Directeur actuel.

Que les demandes d'admissions soient plus nombreuses, que l'école soit à son complet, et nous savons que nous pouvons compter sur le dévouement et la science des maîtres.

Alors, la ferme-école nous donnera de bons jardiniers

et de bons agriculteurs ; son succès répondra à nos vœux et à nos espérances.

Allocution de M. le comte de Vigneral, membre du Conseil général de l'Orne, en réponse à la question posée par M. de Caumont :

Quel est depuis vingt ans le progrès de l'enseignement agricole en Normandie et particulièrement dans le département de l'Orne ?

J'avais prié M. l'Inspecteur d'Académie de m'adresser quelques renseignements sur ce qui avait été tenté soit par l'Académie, soit par l'initiative privée depuis 1848. Voici sa réponse :

« Monsieur le Conseiller,

« J'ai l'honneur de vous faire savoir que M. le Préfet
« a soumis au Conseil départemental, dans sa séance du
« 22 avril, diverses questions relatives à l'organisation
« régulière de l'enseignement de l'agriculture et de
« l'horticulture. Un extrait du procès-verbal a été publié
« dans le n° 13 du *Bulletin spécial de l'Orne*, depuis la
« page 176 jusqu'à la page 183. Cette délibération a été
« motivée par les arrêtés ministériels des 29, 30 et 31
« décembre 1867 et par les instructions de S. Exc. A ce
« sujet, on peut les trouver au n° 164 du *Bulletin* du mi-
« nistère de l'instruction publique. Ces arrêtés ont été
« pris à la suite de l'enquête ouverte par les soins du
« ministre.

« Le *Bulletin* de l'instruction publique de l'Orne a dû
« vous être adressé : vous y verrez comment M. le Préfet
« a, de concert avec le Conseil départemental, organisé

« l'enseignement agricole dans l'Orne ; mais il n'a été,
« que je sache, aucunement question de médailles en
« faveur des instituteurs.

« Un enseignement agricole est donné depuis plusieurs
« années à l'École normale. Tous les élèves suivent les
« leçons du professeur ; on ne saurait mettre en doute
« leur travail sur ce sujet en particulier lorsqu'on les
« voit, comme dans les dernières années de sortie, de-
« mander *tous* à être interrogés sur cette matière *facul-*
« *tative* et obtenir tous, à *une seule exception* près, la
« mention satisfaisante sur leur brevet. Un terrain a été
« concédé à l'École depuis le 1er janvier 1864. D'un autre
« côté, pour que l'ordre des classes dans les campagnes
« n'empêche pas les enfants de participer aux travaux
« des champs, le Conseil départemental a admis la ré-
« duction possible des heures de classes. (Voir *Bulletin*,
« page 177.)

« Enfin, Monsieur, pour mettre à exécution les arrêtés
« de S. Exc., j'ai donné mission aux inspecteurs pri-
« maires de faire aux instituteurs des conférences can-
« tonales sur la manière d'enseigner aux enfants les
« notions qui font l'objet des programmes officiels.

« Agréez, Monsieur, l'assurance de mes sentiments
« distingués.

« *L'Inspecteur d'Académie*,

« E. CHARPENTIER. »

On croirait, d'après cette lettre, que rien n'a été fait
en faveur de l'enseignement. M. l'Inspecteur se trompe :
heureusement il se trompe !

L'histoire de l'enseignement agricole est une nouvelle

et encourageante affirmation de cette pensée : *Le triomphe d'une idée utile n'est jamais qu'une question de temps.*

Au commencement de ce siècle, un de nos ministres écrivait que « l'instruction était un des plus puissants « moyens d'améliorer l'agriculture. »

Plusieurs ministres, de loin en loin, parurent s'occuper de l'instruction agricole ; mais ils n'avaient pas encore organisé son enseignement, qu'ils durent quitter leurs portefeuilles.

Aujourd'hui un ministre qui paraît résolu à mener à bien ses volontés, a présenté et a fait accepter par tous les Conseils académiques départementaux le programme de l'enseignement agricole, pour les écoles primaires rurales et pour les écoles normales primaires.

Jamais on n'avait tant fait !

Le Conseil académique de l'Orne vient de s'occuper, avec autant d'ardeur que d'enthousiasme, de l'organisation agricole.

On peut voir dans le *Bulletin officiel et spécial de l'Orne*, le procès-verbal de la séance du 22 avril 1868.

M. le préfet de l'Orne a analysé et commenté la circulaire ministérielle du 31 décembre 1867 :

« M. le Préfet, dit le rapporteur du Comité, a con-« stamment captivé l'attention de l'assemblée qui s'est « empressée de s'associer à ses vues éclairées et aux me-« sures qu'il a proposées. »

Voici donc le triomphe de l'idée utile ! et nous avions raison de dire le 10 juillet 1851 : « Les obstacles qui « contrarient les essais de l'instruction agricole n'inquiè-« tent pas ses partisans. »

Peut-être est-ce la dernière fois que nous aurons à

4

nous entretenir de cette question ; aussi n'est-il pas sans intérêt de revenir sur nos luttes passées et d'examiner comment ce qui se produit d'emblée aujourd'hui, a eu tant de peine à faire son chemin.

Le gouvernement a eu l'oreille dure ! car, Conseil général d'agriculture (mort il est vrai), Congrès central d'agriculture (mort aussi), Sociétés savantes, Comices, Journaux agricoles, Association normande, Association bretonne, Association du Nord, Académie nationale agricole, manufacturière et commerciale, Institut des provinces, et bien d'autres encore, n'ont pas cessé, surtout depuis trente ans, de lui demander ce que M. Duruy a décidé.

Nous arrivons les derniers sur la liste des peuples qui ont organisé l'enseignement agricole ; si l'on y apporte tout son bon vouloir, si la pensée ministérielle est bien appliquée, nous regagnerons le temps perdu.

Ce temps perdu coûte des millions à l'agriculture. Lorsque l'on veut étudier, par exemple, l'agriculture de la Belgique ou de l'Angleterre, puis jeter les yeux sur ces pauvres fermes, qui nous paraissent ici passables, relativement à leurs voisines, on comprend ce que l'ignorance des fermiers et des propriétaires nous cause de pertes. Les propriétaires sont plus coupables que leurs fermiers ; oui, beaucoup plus coupables.

C'est très-agréable aujourd'hui de traiter cette question : mais j'ai connu, et il n'y a pas longtemps encore, de dures journées.

Oui ! ceux qui ont soutenu depuis plus de trente ans les attaques de l'ignorance et l'opposition gouvernementale, avaient, comme le premier navigateur, « un cœur revêtu « d'une triple armure. »

Il fallait mieux encore que de l'audace. Il leur fallait cet amour sincère qui donne la persévérance.

La mer n'est pas toujours en fureur et les vents toujours contraires; après l'ouragan se lève la brise qui conduit le navire au port.

Pour les partisans de l'enseignement agricole, la tempête ne s'est apaisée que le jour où M. Duruy a lancé son *quos ego !*

Les fonctionnaires de M. Duruy étaient presque tous hostiles aux essais que tentaient les Sociétés agricoles ou savantes, et plus encore les hommes isolés; aujourd'hui eussiez-vous une lunette grande comme le canon prussien de l'Exposition universelle, vous n'en voyez plus un debout contre cette idée : sont ils sincères dans leur obéissance, nous verrons !

Pourquoi les gouvernements ont-ils quelquefois l'oreille si dure? La plus grande et la plus imposante réunion agricole de notre époque a été le Congrès central : quel a été son premier vœu en 1844, vœu renouvelé sans relâche jusqu'en 1850? On demandait que « l'enseignement « agricole fût le plus promptement possible organisé. »

Vous savez que depuis 1850 le Congrès a été invité à se taire, c'est-à-dire supprimé, interdit ! Il avait peut-être trop parlé ! J'assistais à la séance du 28 mars 1850 ; on agitait dans le Congrès la question de la conservation de l Institut agronomique de Versailles, cette création intelligente du ministre de la république, M. Tourret. Quelques membres demandèrent à l'Assemblée un vote de blâme contre Versailles ; on savait le nouveau pouvoir peu favorable à cette institution.

Le Congrès central, à la presque unanimité, donna son approbation formelle à la création de l'Institut agronomique de Versailles.

Le Congrès, je vous l'ai dit, ne revint pas...... l'Institut de Versailles fut supprimé pour cause d'économie ! Que coûtait donc l'Institut de Versailles ! Quelques milliers de francs ? Pauvre France ! on ne te dit riche que pour payer ta gloire !

La gloire peut-être ! Pour l'instruction publique elle est pauvre ! 75 millions !...

La guerre avait récemment 500 millions de budget : on prévoit une augmentation. Il est vrai que nous sommes en pleine paix. Revenons aux vœux émis par le Congrès, dans sa séance du 28 mars 1850, car tout ce que l'on va créer aujourd'hui est depuis longtemps demandé. Il faut laisser au passé le mérite tout entier d'avoir réclamé seul et longtemps ce que l'on se décide à nous donner aujourd'hui.

Le Congrès demandait :

1° Que la création de nouvelles fermes-écoles, dont le Congrès approuve le principe, se fît avec une grande circonspection ;

2° Que les Conseils généraux, les Comices et les Sociétés d'agriculture fussent toujours consultés à cet égard ;

3° Que l'enseignement agricole pratique fût mis à la portée des orphelins, des enfants trouvés et des jeunes détenus ;

4° Que l'enseignement des écoles primaires fût développé dans un sens agricole ;

5° Que dans chacune des Facultés des sciences, il fût créé une chaire d'économie rurale ;

6° Qu'à tous les dégrés de l'enseignement, on mît entre les mains des élèves des livres d'agriculture, de sylviculture et d'horticulture ;

7° Que des encouragements importants fussent accordés pour la rédaction et la traduction d'ouvrages de ce genre

appropriés à chaque région, et que l'administration fît
pénétrer ces livres dans les campagnes en les donnant
soit à titre gratuit, soit à prix réduits;

8° Le Congrès exprime sa satisfaction de voir que l'instruction agricole pénètre dans l'enseignement des grands
et des petits séminaires.

N'est-il pas raisonnable et logique de dire que si le
Congrès central n'avait pas été supprimé et l'Institut
agronomique détruit, nous n'aurions pas attendu dix-
huit ans la circulaire de M. Duruy.

L'histoire de l'enseignement agricole est assez curieuse
à suivre depuis vingt-cinq ans.

En 1848, M. Tourret fit adopter une loi sur l'enseignement agricole.

Vers cette époque, je crois, dans la Gironde, dans le
Doubs, MM. Petit et Bonnet furent les premiers missionnaires de l'agriculture. Dans la Meurthe, MM. Bentz et
Chrétien publièrent les *Premiers éléments d'agriculture*,
ouvrage imprimé aux frais du Conseil général. Encouragés par l'accueil fait à leur premier travail, ils publièrent, en 1848, les *Premiers éléments d'horticulture.*
M. Gossin, dans l'Oise, et M. le comte de Tocqueville
furent fortement encouragés par la Société d'agriculture
de Compiègne et le Conseil général. Ce département
est un des plus avancés pour l'instruction agricole.

L'École normale de Beauvais est dirigée par les Frères
des Écoles chrétiennes, ordre fondé par Lasalle pour
donner aux enfants, au nom de la religion, le pain de
l'intelligence, environ 154 ans avant la loi sur l'instruction primaire du 28 juin 1833.

L'École normale de Beauvais est connue par ses succès
dans les concours agricoles et la complète instruction
donnée aux élèves de cet établissement.

Dans l'Ille-et-Vilaine, M. Berlin, ancien sous-préfet de Fougères, s'est rendu populaire par ses conférences du dimanche et ses publications si intéressantes.

L'excellent petit livre de M. Hallez-d'Arros, intitulé : *Agriculture primaire*, publié en 1858, a été introduit dans beaucoup d'écoles.

M. Aimé Martin a écrit sur la conservation des oiseaux un opuscule répandu dans les écoles par le Comice de la Haute-Marne.

M. Girardin, dans la Seine-Inférieure, et plus tard M. Morière, dans le Calvados, ont été engagés à donner des conférences.

Je ne puis entrer dans les détails, mais je citerai la Somme, l'Aisne, le Pas-de-Calais, le Nord, le Loir-et-Cher, la Moselle, la Mayenne, Côtes-du-Nord, l'Eure-et-Loir, où il y a une école normale *modèle*.

M. Queyraux, instituteur dans la Corrèze, a été autorisé par son recteur à entreprendre des essais pour l'application des élèves des écoles primaires aux travaux agricoles.

Le rapport publié par l'instituteur Queyraux prouve que les élèves de l'école de Seilhac :

1° Ont trouvé le temps d'étudier leurs leçons et de travailler à la terre ;

2° Le produit net a dépassé le prix de la location de 74 fr. 30 c. ;

3° Les parents, les enfants, l'instituteur ont été contents des résultats.

L'Empereur Napoléon III n'a-t-il pas, il y a quelques années, donné une somme de 2,000 fr. pour être distribuée aux instituteurs qui introduiraient l'enseignement agricole dans leurs écoles ?

Enfin, si vous avez voulu examiner à l'Exposition universelle dernière les travaux des écoles normales, vous verrez que plusieurs départements n'ont point eu besoin de l'arrivée de la circulaire de M. Duruy pour marcher. Ils sont rares, c'est vrai. Je suis obligé de clore mes citations pour revenir chez nous.

L'Association normande, « fondée en 1832 pour aviser « et aider aux moyens de faire atteindre à ses conci- « toyens normands le plus haut degré possible de bien- « être moral et matériel, » vint visiter pour la première fois notre département en 1838.

Dans la réunion qui eut lieu à Alençon, elle demandait « qu'il y eût à l'École normale un cours d'agriculture et « d'horticulture. »

En 1839, l'Association approuve un intéressant rapport lu à Avranches, qui appuie les résolutions précédentes, et, dans toutes ses réunions, on voit reparaître les mêmes demandes, parfaitement accueillies et appuyées par le Congrès normand.

En 1848, je présentai à la réunion de Bernay un *Manuel d'agriculture* à l'usage des cultivateurs de l'arrondissement d'Argentan, publié sous le patronage de l'Association normande.

En 1849, une médaille m'était décernée au concours provincial de Pont-l'Évêque, pour avoir fait un cours d'agriculture dans un canton et créé un comice.

En 1851, une notice sur le drainage, qui en faisait connaître les effets, les avantages et l'application, fut également approuvée par l'Association.

La même année, je traitai à Lisieux cette question du programme : « Quels sont les meilleurs moyens pratiques « pour inculquer aux enfants des campagnes l'amour et « les premières notions d'agriculture ? »

Je ferais aujourd'hui, en 1868, la même réponse. Les moyens que j'indiquais sont ceux que M. le Ministre croit devoir mettre en pratique. Seulement on a attendu dix-sept ans. Pourquoi ?

En 1855, à Caen, les vœux devinrent plus pressants, et l'on demandait que l'enseignement agricole fût rendu obligatoire !

En 1856, à Gournay, même vœu très-appuyé.

Je ne puis pas vous parler de la session tenue à Alençon en 1857. Jamais la discussion n'a été plus vive ni la vérité plus ouvertement dite. Ayant pris une grande part à ces débats, je dois m'abstenir. Ils se trouvent dans le volume de l'*Annuaire* de 1858.

Il résulte de la discussion que les instructions du Ministre et surtout les propositions d'un rapport présenté et approuvé par l'Empereur n'étaient pas appliquées dans l'École normale d'Alençon. Les membres de l'Académie de l'Orne n'ont pas alors obéi aux instructions ministérielles. Je passe encore une longue période pour arriver aux années 1866 et 1867.

Nous y trouvons des renseignements positifs sur l'impulsion continuelle donnée par l'Association.

En 1866, à la session générale au Havre, M. le docteur Jousset, inspecteur de l'Association pour le canton de Bellême (Orne), demande des médailles pour des instituteurs qui se sont signalés par leur zèle dans l'enseignement élémentaire de l'agriculture et de l'horticulture.

M. du Poërier de Portbail, qui s'était beaucoup occupé dans la Manche de l'enseignement agricole, demandait aussi des médailles pour les instituteurs.

Sa mort, regrettable sous tous les rapports et surtout pour nous, laisse sans direction les instituteurs de la

Manche; 100 instituteurs s'occupaient de l'enseignement, et 37 avaient un cours régulier. On a décerné, au concours du Havre, trois médailles et trois mentions à six instituteurs de la Seine-Inférieure.

Vous voyez, Messieurs, que les instituteurs montrent une grande bonne volonté.

Je pense que vous avez lu l'*Annuaire* de cette année? Que disait-il sur l'enseignement agricole?

Notre honorable directeur disait « que rien n'était plus « important que l'enseignement agricole dans les cinq « départements normands. »

Les rapports de MM. Jousset (Orne), comte d'Estaintot (Seine-Inférieure), Malbranche (Eure), annoncent que les résultats obtenus cette année sont satisfaisants.

M. Malbranche demanderait, de la part des inspecteurs des écoles primaires, une impulsion qui ferait cesser les hésitations.

M. de Caumont croit aussi que ce qui manque dans beaucoup de contrées, c'est le concours de l'inspecteur primaire.

Les instituteurs ne regardent pas comme obligatoire, ni même comme utile, ce qui ne leur est pas commandé par leurs chefs, et il ajoute: il y a des inspecteurs qui n'ont pas accueilli avec beaucoup d'empressement les efforts faits dans le but d'enseigner les principes de l'agriculture.

Notre savant Directeur a parfaitement raison, et j'ai, pour appuyer son opinion, des faits très-authentiques à vous raconter. Je n'ai qu'un regret, c'est de me trouver engagé dans cette histoire.

Au mois d'octobre 1848, j'avais fondé le Comice cantonal de Putanges. L'empressement des cultivateurs à

venir aux conférences mensuelles me fit penser à essayer
dans les écoles populaires l'enseignement agricole.

Je demandai l'autorisation nécessaire à M. le recteur
de l'Académie de Caen, l'abbé Daniel, de regrettable
mémoire, qui m'octroya ma demande le 1er septembre
1849. Un inspecteur ayant été donné au département de
l'Orne, je fis confirmer par M. Jouen, en septembre 1850,
l'autorisation accordée par M. Daniel.

Le programme de l'enseignement agricole pour les
écoles primaires avait été modifié le 31 juillet 1851 dans
un sens favorable à l'agriculture.

Toutefois le Conseil académique de l'Orne décida, par
un réglement qui fut autorisé par le Conseil supérieur
de l'instruction publique, le 8 août 1853, « que l'institu-
« teur ne pourrait donner des instructions élémentaires
« d'agriculture, que lorsque les Conseils municipaux en
« auraient fait la demande et que le Conseil académique
« l'aurait autorisé. »

Le 8 mars 1854, le Conseil académique de l'Orne se
réunit. Étaient présents : M. Doucin, recteur, Mgr Rous-
selet, évêque de Séez, etc., etc. Après avoir délibéré, on
répond... « que dans l'état actuel de la législation et de
« l'enseignement dans les écoles primaires, il n'y a pas
« lieu d'autoriser l'exception demandée, et le maire
« était invité à veiller strictement à l'exécution de la
« prescription. » Il y avait cinq ans que l'enseignement
autorisé par M. Daniel était donné avec succès par les
instituteurs ! Je me suis résigné à la volonté du Conseil.
Cependant à l'arrivée de M. Taillefer, inspecteur de
l'Orne, l'autorisation retirée me fut accordée. M. Théry,
qui lui succéda, fut également très-favorable à cet enseignement ; mais après son départ, l'administration, hos-

tile toujours à cette innovation, éloigne ou dissuade les
instituteurs du canton de me seconder. D'autre part, le
Conseil général de l'Orne avait voulu se conformer au
décret impérial du 6 février ; l'enseignement pratique de
l'agriculture était réellement introduit à l'École normale,
par l'achat fait par le Conseil général d'un vaste terrain
destiné à servir aux leçons et à la pratique. J'ai cessé mes
relations avec les instituteurs, et j'attends M. l'Inspecteur
à l'œuvre.

La Société d'horticulture d'Alençon, en 1865, à l'occasion de son Concours, avait offert dans son programme
une place aux instituteurs.

M. Léon de La Sicotière, secrétaire-général de la Société, a retracé, avec son talent ordinaire, la situation de
l'enseignement horticole dans les quatre arrondissements
de l'Orne, mais particulièrement dans celui d'Argentan ;
notre excellent ami a trouvé des louanges à décerner et
d'excellents conseils à appliquer. Lui aussi fera tous ses
efforts pour développer l'enseignement dans les campagnes ; car, comme il le dit si bien : « Il ne manque au
« pays, pour être riche , que de connaître sa richesse. »

Allons-nous donc entrer dans l'âge d'or ? Le programme
de M. Duruy, s'il est sincèrement appliqué, nous conduira au moins jusqu'au vœu formulé ci dessus : « Con-
« naître la richesse de notre pays. »

M. Duruy décrète l'organisation de l'enseignement
agricole et horticole ? et aussitôt, quel contraste singulier
entre deux séances du Conseil académique de l'Orne :
en 1853 le Conseil académique, son recteur et son évêque
en tête... après en avoir délibéré , repoussent l'humble
demande d'un Conseil municipal, et un maire est invité à
veiller *strictement à l'exécution de la prescription.* Mais

voilà M. Duruy qui parle... et le 22 avril 1868, un recteur, l'évêque absent, mais un préfet en plus, le Conseil départemental réuni... aux termes du rapport de M. le secrétaire Demonceaux, on lit : « Dans un exposé *précis et* « *brillant* de la situation nouvelle faite à l'instruction « primaire, M. le Président a analysé et commenté la « circulaire ministérielle du 31 décembre 1867, relative à « l'organisation de ce double enseignement. »

Cependant, il faut le dire, dans le personnel de M. le Ministre, bien des gens doivent être vexés de louer à outrance aujourd'hui ce qu'ils démonétisaient la veille. Cela me rappelle les républicains du lendemain.

Ce même procès-verbal nous apprend que la publication du travail de M. Bigot, qui était assuré par un vote du Conseil général, n'a plus aujourd'hui, *dit-on*, la même raison d'être. Un manuel va paraître sous les auspices de l'administration !

Un manuel universel pour toute la France !

Je prétends que « la publication du cours, *professé*, « dit le rapport, avec autant de *distinction* que de *succès* « aux élèves de l'École normale d'Alençon par M. Bigot, « est l'ouvrage pratique qui convient à nos écoles popu« laires. »

Je suis loin de blâmer l'ouvrage qui va paraître, revêtu de la haute approbation du ministre. Mais un manuel universel ! J'en suis bien fâché. Il y a trop longtemps que les gens pratiques demandent, au contraire, des petits livres appropriés aux champs, aux sols, aux cultures de leurs localités.

D'après les réponses de M. l'Inspecteur aux paragraphes de la circulaire ministérielle, il semblerait que l'École normale d'Alençon aurait déjà pratiquement établi soit chez elle, soit dans les écoles communales la plupart des propositions ministérielles. Tout y est pour le mieux.

Un vœu très-important et sur lequel nous appelons toute l'attention de l'Association, a été proposé par M. Delaunay, président honoraire du tribunal civil d'Alençon. M. Delaunay demande « que les matières « que comporte l'enseignement agricole soient comprises « au nombre des connaissances'exigées pour l'obtention « du brevet de capacité. »

Le Conseil a émis ce vœu.

Je lis encore dans le même rapport que M. le baron Houssin de Saint-Laurent, directeur de la ferme-école de l'Orne, pour assurer le développement de l'enseignement agricole et s'associer aux mesures prises à cet égard par le Gouvernement, offre de faire gratuitement, le jeudi, aux instituteurs de l'arrondissement de Domfront, des conférences sur l'agriculture.

Cette offre généreuse est acceptée, et M. le Préfet est chargé d'exprimer à M. le Directeur de la ferme-école la sincère gratitude du Conseil.

Ceux qui, depuis longtemps, se sont fait les missionnaires de l'agriculture, auront-ils une mention? Non, on n'en parlera pas. Ils sont venus trop tôt! Tout appartiendra aux ouvriers de la onzième heure!

L'instruction agricole sera sortie un jour toute armée du cerveau de M. Duruy comme Minerve de la tête du grand Jupiter.

Il est important de recueillir les actes académiques, car M. Duruy qui parle si bien en faveur de l'enseignement agricole, a eu un de ses prédécesseurs, M. Fortoul, qui, lui aussi, nous était très-favorable : le temps seul lui a manqué.

Son successeur ne pensait pas comme lui, et tout resta en panne !

Que diriez-vous, que feriez-vous si le ministre actuel, lui aussi, n'avait pas le temps... S'il avait pour successeur un anti-Duruy, qui mettrait au pannier circulaires, arrêtés, projets, rapports, qui proscrirait tout ce que vous adorez aujourd'hui?

Voici le rapport qui m'est adressé par M. le baron Houssin de Saint-Laurent, au nom de la Commission chargée de la visite des écoles de l'arrondissement de Domfront :

« J'ai l'honneur de vous adresser, comme il a été
« convenu, quelques notes sur la visite que, sur l'in-
« vitation de M. Schnetz, président de notre Commis-
« sion, j'ai faite concurremment avec MM. Bichain et
« Bouley dans quelques écoles de l'arrondissement de
« Domfront, dont les instituteurs nous ont été signalés,
« comme s'occupant de l'enseignement agricole. Il ne
« nous a été possible, dans la journée du 15 courant,
« de visiter que trois de ces établissements : à Céaucé,
« Couterne et Juvigny-sur-Andaines.

« M. Toutain, instituteur à Céaucé, dans le but de
« donner dans sa localité le plus de développement pos-
« sible à l'instruction agricole, outre deux jardins qu'il
« cultive, dont un lui appartient en propre, et dans
« lesquels il enseigne à ses élèves la culture potagère et
« l'arboriculture, a pris en location, pour son compte
« personnel, un terrain d'une contenance d'environ 80
« ares, qu'il a destiné à servir de champ d'expérience
« pour l'enseignement de l'agriculture ; il fait chaque
« année, dans ce terrain, des semis de betteraves, ca-

« rottes, choux, fourrages de différentes espèces, et de
« maïs destiné à être coupé comme fourrage ; il a fait,
« cette année, l'essai du maïs géant-caragua, encore in-
« connu dans notre contrée, et ce semis a très-belle ap-
« parence. Ces divers essais ont généralement réussi et
« ont contribué, dans une assez large mesure, à faire
« adopter dans la commune de Ceaucé et même dans
« celles qui l'avoisinent, la culture de ces différentes
« plantes qui y étaient encore peu répandues, notam-
« ment celle du maïs-fourrage, qui commence à être
« cultivé sur une assez grande échelle et qui y produit
« d'excellents résultats au point de vue de la nourriture
« du bétail. Des semis de poiriers et de pommiers ont
« permis à M. Toutain d'enseigner d'une manière pra-
« tique à ses élèves la culture des pépinières, la manière
« de greffer, d'écussonner, en un mot tous les soins à
« donner aux arbres à fruits. La classe d'adultes est
« initiée à cet enseignement, et M. Toutain nous a dit
« que, parmi ses anciens élèves, aujourd'hui culti-
« vateurs, beaucoup viennent fréquemment lui demander
« des conseils et profiter de ses leçons, en ce qui con-
« cerne l'agriculture et l'horticulture. L'enseignement
« théorique est encore peu développé dans cette école ;
« mais il faut dire que, parmi les enfants que nous avons
« été à même d'interroger, les plus âgés ont à peine
« 12 ans.

« Tout compensé, M. Toutain a fait une œuvre
« méritoire en prenant l'initiative d'un enseignement
« jusqu'alors peu pratiqué, et auquel, depuis quelque
« temps seulement, le Gouvernement semble, avec juste
« raison, attacher beaucoup d'importance.

« M. du Mesnil de Montchauveau, membre du Conseil

« général de l'Orne et maire de Ceaucé, a bien voulu
« accompagner la Commission pendant sa visite.

« M. Lory, instituteur à Couterne, n'a pas de champ
« d'expérience, il a seulement un jardin potager par-
« faitement tenu et dans lequel il initie ses élèves à toutes
« les pratiques horticoles. Ses élèves sont plus âgés que
« ceux de Ceaucé, et par conséquent plus instruits, ils
« ont généralement bien répondu à toutes les questions
« qui leur ont été faites tant sur l'agriculture que sur
« l'horticulture, ce qui nous a convaincus que M. Lory
« s'occupe très-sérieusement de cet enseignement spécial;
« et nous n'avons eu que des éloges à lui adresser.

« L'école primaire de Juvigny, dirigée par M. Le
« Boucher, la dernière que nous ayons visitée, est in-
« contestablement la plus remarquable.

« M. Le Boucher n'a à sa disposition qu'un jardin po-
« tager, admirablement tenu et dont il tire tout le parti
« possible pour l'instruction de ses élèves. Il leur fait en
« outre un cours d'agriculture très-complet, qu'ils ré-
« digent eux-mêmes, sur des cahiers fort ingénieusement
« préparés pour cet usage. Ces cahiers sont propres,
« l'écriture est bonne, l'orthographe y est observée, et
« traitent, d'une manière succincte, il est vrai, toutes les
« questions agricoles. Nous avons interrogé nous-mêmes
« ces élèves très-longuement, et tous ont répondu avec
« intelligence et savoir.

« La brutalité envers les animaux est une habitude
« malheureusement trop répandue dans nos campagnes,
« qu'on ne s'occupe peut-être pas assez de combattre.
« M. Le Boucher a entrepris cette tâche à l'égard des
« enfants qui lui sont confiés. Il prive de récompenses à
« la distribution des prix tout enfant qui commet des

« actes de brutalité, tout enfant qui détruit les nids des
» oiseaux, ces puissants auxiliaires de l'homme pour la
« destruction des insectes nuisibles. Les enfants qui fré-
« quentent l'école de Juvigny semblent avoir un grand
« respect pour leur maître et renoncer à leurs mauvais
« penchants, beaucoup moins par la crainte que par la
« confiance qu'il paraît leur avoir inspirée.

« En un mot, nous considérons M. Le Boucher comme
« un instituteur modèle, et il mérite, selon nous, les plus
« grands éloges et les meilleurs encouragements. »

Voilà tout ce que j'avais à vous dire sur les écoles
primaires. Maintenant résumons-nous.

Les intentions de M. Duruy sont bonnes, et je conjure
tous les hommes qui depuis si longtemps protégent et
favorisent le développement de l'instruction primaire
agricole, de ne pas croire leur tâche terminée.

La volonté ministérielle est manifeste : son exécution a
besoin d'être surveillée, car quelques-uns de ces Messieurs de nos Académies ont la main forcée.

Voilà mon opinion et la vôtre peut-être.

Je vous en conjure donc, Messieurs, vous n'abandon-
nerez pas une œuvre que notre Association protége et
recommande dans tous les Congrès depuis trente ans.

Nous seconderons franchement les efforts du Gouvernement. Nous avons, en effet, dans le cœur cette
croyance : l'instruction seule peut rendre un peuple
digne de la liberté, digne du suffrage universel ! car,
sachez-le bien, Messieurs, le suffrage universel est le
droit divin de l'avenir !

Caen, imp. F. Le Blanc-Hardel.

www.ingramcontent.com/pod-product-compliance
Lightning Source LLC
Chambersburg PA
CBHW060809180626
46818CB00002B/769